Dieses Buch gehört:

Der Bücherbär

1. Klasse

Liebe Eltern,

jedes Kind ist anders. Manche Kinder kennen bereits alle Buchstaben in der Vorschule und können erste Wörter lesen. Andere Kinder lernen das Abc in der Schule. Für das spätere Leseverhalten ist es jedoch völlig unerheblich, wann die Kinder das Alphabet meistern. Wichtig aber ist der Spaß am Lesen – von Anfang an. Deshalb ist das Bücherbär-Erstleserprogramm konzeptionell auf die Fähigkeiten und Bedürfnisse der Kinder abgestimmt.

Dieses Buch richtet sich an Leseanfänger in der 1. Klasse. Die besonders übersichtlichen Leseeinheiten und kurzen Zeilen sind ideal zum Lesenlernen. Das Hervorheben der Sprechsilben in Dunkelblau/Hellblau hilft dabei, ein Wort richtig zu lesen und zu verstehen. So können Leseanfänger jede Sprechsilbe erkennen: Idee, Radio. Zusätzlich regen lustige Rätsel und Verständnisfragen zum Nachdenken und zum Gespräch über die Geschichten an. Denn Kinder, die viel Gelegenheit zum Sprechen haben, lernen auch schneller lesen.

Ihr Bücherbär

Empfohlen von westermann

Christian Seltmann

Monstergeschichten

Mit Bilder- und Leserätseln

Bilder von Joëlle Tourlonias

Arena

Für Henri und Birgit

Christian Seltmann
studierte Geschichte, Germanistik und Philosophie in Bochum. Er war Matratzenauslieferer, Radiosprecher, Krankenwagenfahrer, Universitätsdozent, Fremdenführer und vieles mehr. Er war Pfadfinder und Messdiener und ein Jahr lang in Spanien. Heute lebt er mit seiner Frau und zwei Kindern in Coburg und schreibt Kinderbücher. Richtig gerne!

Joëlle Tourlonias,
1985 in Hanau geboren, studierte Visuelle Kommunikation mit Schwerpunkt Illustration und Malerei an der Bauhaus-Universität Weimar. Nach dem Diplom 2009 machte sie sich selbstständig und zeichnet, malt, lebt und liebt heute in Essen.

MIX
Papier aus verantwortungsvollen Quellen
FSC® C110508
FSC
www.fsc.org

1. Auflage 2020

Einband und Innenillustrationen: Joëlle Tourlonias
Gesamtherstellung: Westermann Druck Zwickau GmbH
Dieser Band ist bereits 2013 unter dem Titel „Henri erbt ein Monster – Lustige Monstergeschichten“ erschienen.
ISBN 978-3-401-71650-3

www.arena-verlag.de

Inhalt

In dieser Geschichte spielen mit:

Henri

Max

Fletsch

Herr Guth

Schwierige Wörter:

der Zahnputz-Becher

schnippen

die Zottel-Mähne

die Postkarte

Monster gibt es doch gar nicht!

Henri übt lesen.
Da klopft es an der Tür.
Henri macht auf.
Draußen steht ein kleines,
pelziges Wesen.
Henri wundert sich.

„Ich bin kein Hund!“,
kräht das Wesen.
„Ich bin ein Monster.“
Und schon latscht es
in die Wohnung.

Das Monster hält Henri
einen zerknitterten Brief hin.
„Hier!“, ruft es schrill.
„Für dich.“

Henri reißt
den Umschlag auf
und liest:

Lieber Henri!

Ich bin Deine Tante Inge
aus Argentinien.

Ich bin jetzt alt,
deshalb erbst Du
das Monster von mir.

Du bist ja nun in der Schule.
Das ist
das richtige Alter
für Monster.

Mit lieben Grüßen
von Deiner
Tante Inge!

Wo wohnt Tante Inge?

Das Monster turnt
auf Henris Bett herum.

„Hier schlafe ich“, tönt es.
Henri guckt groß.
„Das geht aber nicht.“

„Was weißt du denn schon
von Monstern?“,
fragt das Monster frech.

Henri überlegt:
„Monster sind unordentlich.
Sie stinken, sie rülpsen,
und sie pupsen.
Außerdem putzen sie sich
nie die Zähne."

„Das hast du wohl aus Büchern?",
grinst das Monster.
Es packt seine Zahnbürste aus,
stellt sie in Henris Zahnputz-Becher
und stiefelt in die Küche.

Dort beißt es in einen Apfel.
„Ich heiße übrigens Max.“
„Max?“, wundert sich Henri.
Er nimmt den Brief noch mal
und dreht ihn um.

Da steht:
„Monster sind anders,
als man denkt.“

Das hab ich auch schon gemerkt,
denkt Henri.

Wo verstecken sich Henri und das Monster?

Was das Monster alles kann

„Bist du wirklich ein Monster?“,
spottet Henri am nächsten Tag.
„Oder nur ein sprechender Hund?“

„Na warte!“, sagt Max.

Es gibt einen tierischen Knall.
Henri und Max stehen plötzlich
im Garten von Herrn Fletsch.

Herr Fletsch heißt Herr Fletsch,
weil er einen riesigen Hund hat.
Und der heißt Fletsch.

Da kommt Fletsch
auch schon angeschossen.
Henri gefriert das Blut
in den Adern.
Sein Mund formt einen Schrei.
Aber es kommt nichts heraus.
Max steht ganz ruhig daneben.

Wie heißt das Herrchen des Hundes?

Der Hund setzt zum Sprung an.
Sein Maul steht weit auf!
Oh nein!, denkt Henri.

Max schnippt mit dem Finger.
Fletsch bleibt mitten
in der Luft stehen.

ALLES bleibt stehen.
Wie bei einem Film,
wenn man auf „Pause“ drückt.

„So! Noch Fragen?“, grinst Max.
„Nein“, stottert Henri.
„Gut! Dann lass dir was einfallen“,
sagt das Monster.
„Weglaufen?“, fragt Henri.
Max schüttelt die Zottel-Mähne.
„Das ist doch feige.“

„Idee!“, brüllt Henri
und holt seine Pausenbrote heraus.
Mama hat sie wieder
dick mit Leberwurst beschmiert.

Henri schiebt Fletsch
die Brote ins Maul.

„Okay!“ Max schnippt.
Fletsch fliegt weiter,
landet und kaut
auf Henris Broten herum.

„Komm, wir hauen ab!“,
ruft das Monster.

Zu Hause liegt eine Postkarte
von Tante Inge.

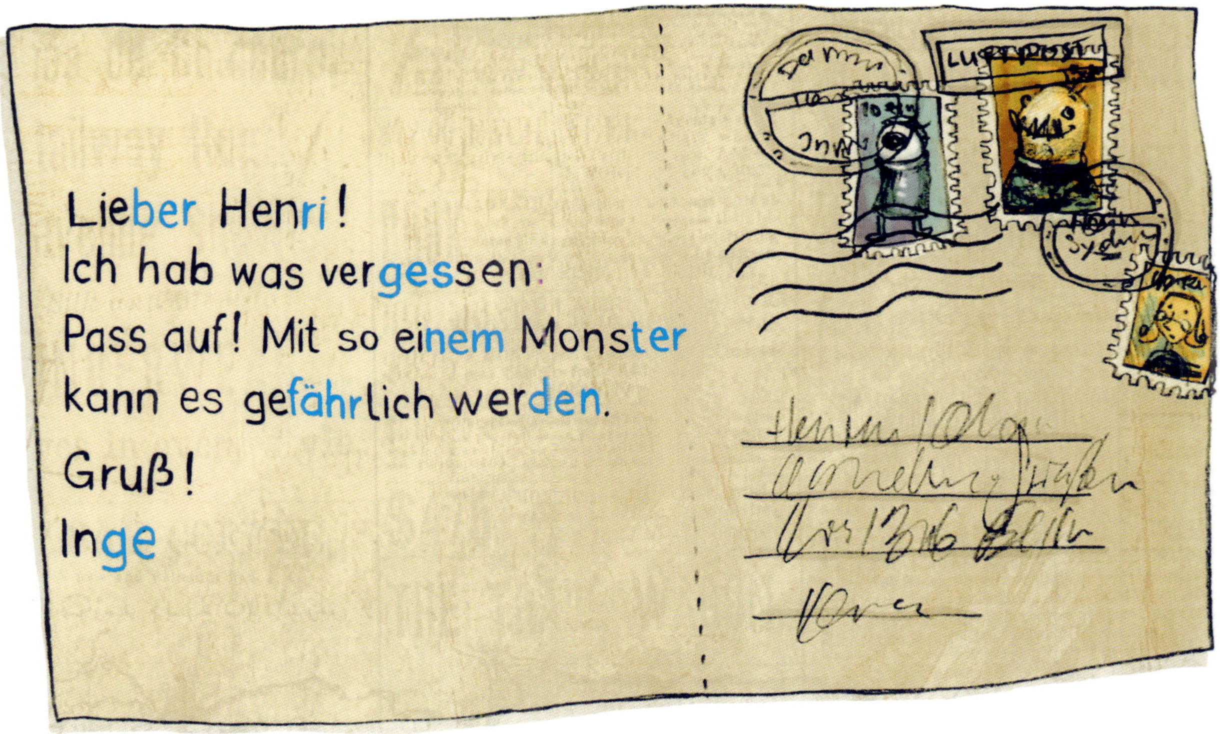

Das hab ich auch schon gemerkt,
denkt Henri.

Wie entkommen Henri und Max dem Hund Fletsch?

Ein Monster kommt selten allein!

In der nächsten Postkarte
von Tante Inge steht:

Ach so, ja,
mein lieber Henri:
Wo ein Monster ist,
da sind noch mehr.
Halt die Augen auf!

Deine
Tante Inge

„Das glaubt mir doch keiner!“,
sagt Henri.
„Was?“, fragt Max.
„Es gibt doch keine Monster!“,
seufzt Henri.

Max guckt an sich herunter.
„Na, außer dir!“, sagt Henri.

„Bist du sicher?“, fragt Max.
Henri nickt.

Max schnippt mit den Fingern.
ZACK!

Henri und Max sind plötzlich
winzig klein.

Auweia!

Da kommt eine Wanze
um die Ecke.
Sie ist riesig –
und scheußlich.
Und hat lange, dünne Beine.

Schon hat sie Henri und Max
erblickt und schnappt nach ihnen
mit scharfen Beiß-Zangen.
Die Wanze packt Henri am Kragen.

„Hilfe!“, brüllt Henri.
Max grinst.
„Na, glaubst du
immer noch nicht an Monster?“

„Doch! Doch! Doch!“,
schreit Henri.

Schnell schnippt Max
mit den Fingern.
Und schon sind Henri und Max
wieder normal groß.

Henri atmet tief durch.
„Es ist ja alles voll mit Monstern!“,
staunt er.
„Jaja“, sagt Max.
„Man muss nur wissen,
wo man suchen muss.“

Das hab ich auch schon gemerkt,
denkt Henri.

Wie macht Max sich und Henri
klein und groß?

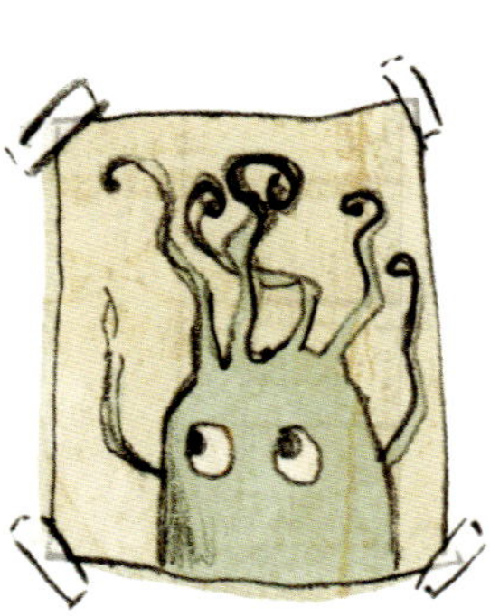

Pass gut auf!

Henri nimmt Max
mit in die Schule.
„Du musst aber artig sein!“,
sagt Henri.

„Jaja“, nuschelt das Monster.

Herr Guth, der Lehrer, sagt zu Henri:
„Du kannst dein Haustier nicht
mit in die Schule bringen."

Auweia!, denkt Henri.

Max kräht: „Ich bin kein ..."
Aber Henri hält ihm
schnell den Mund zu.
„Was bist du nicht?",
will Herr Guth wissen.

Henri muss sich
was einfallen lassen:
„Bei mir ist keiner zu Hause.
Und Max ist doch noch so klein.“

Max knurrt.
Herr Guth knurrt auch:
„Na gut. Aber nur heute.“

Welcher Kopf gehört zu welchem Körper?

Im Unterricht muss Max
unter Henris Tisch sitzen.
Henri ist nervös,
weil das Monster sich ärgert.

Die Mathe-Stunde
ist auch wirklich langweilig!

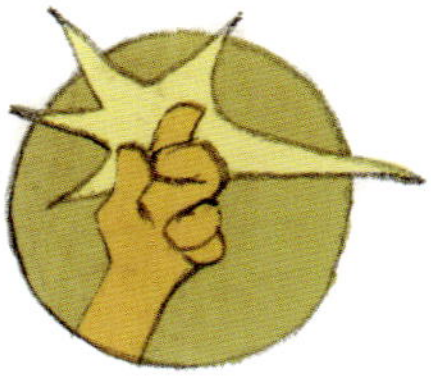

Nach fünf Minuten schnippt Max.
Alles steht still.

Wo muss Max sitzen?

Max schleicht um die starren Schüler
und den Lehrer herum.
„Das ist ja voll öde hier“,
mault er.
„Gleich ist Pause“,
sagt Henri.

In der Pause stehen alle
um das Monster herum.

Die Mädchen finden es putzig.
„Wie süß!“, piepst Ella.
Henri erschrickt: „Nein!“

„Such das Stöckchen!“,
ruft Lotta.

Wie viele Kinder und wie viele Monster sind auf dem Bild zu sehen?

„Henris Tier kann sprechen“,
staunt David.

Da wird Max auf einmal
groß und größer.
„Ich bin ein Monster!“,
brüllt er.

Die Kinder haben Angst.
Auweia!, denkt Henri.
Er schnippt.

Und tatsächlich:
Alles steht still.

„Willst du im Zoo landen?“,
schimpft Henri.
Max schüttelt den Kopf.

„Also, sei ein bisschen nett, ja?“,
sagt Henri.
Das Monster nickt und schnippt.

Die Kinder kommen näher.
Sie streicheln Max.
Er schnurrt wie eine Monster-Katze.

Zu Hause liegt wieder
eine Karte von Tante Inge:

Das hab ich auch schon gemerkt,
denkt Henri.
Er nimmt sich vor,
dass er immer gut
auf sein Monster aufpassen wird.

Lösungen

Seite 13:
Tante Inge wohnt in Argentinien.

Seite 17:
Henri und sein Monster verstecken sich hier:

Seite 19:
Das Herrchen heißt Herr Fletsch.

Seite 24:
So entkommen Henri und Max dem Hund Fletsch:

Seite 30:

Max macht sie durch Schnippen klein und groß.

Seite 34:

So ist es richtig:

Seite 35:

Max muss unter dem Tisch sitzen.

Seite 38:

Es sind acht Kinder und zehn Monster auf dem Bild zu sehen.

Der Bücherbär
1. Klasse

Themengeschichten mit Silbentrennung

Fußballgeschichten
978-3-401-71535-3

Ponygeschichten
978-3-401-71568-1

Monstergeschichten
978-3-401-71650-3

Detektivgeschichten
978-3-401-71651-0

Jeder Band: Ab 6 Jahren • Themengeschichten mit Silbentrennung • Durchgehend farbig illustriert • 48 Seiten • Gebunden • Format 17,5 x 24,6 cm

Mit Bücherbärfigur am Lesebändchen

Große Fibelschrift und Zeilen-trennung nach Sinneinheiten

Mit Bilder- und Leserätseln

Einfache Geschichten mit kurzen Zeilen

Mit Silbentrennung

Viele farbige Bilder

Innenseite aus »*Erdbeerinchen Erdbeerfee – Lustige Zaubergeschichten*« ISBN 978-3-401-71360-1

Diese Reihe ist auf die Fähigkeiten von Leseanfängern abgestimmt: Übersichtliche Leseeinheiten und kurze Zeilen sind ideal zum Lesenlernen. Das Hervorheben der Sprechsilben hilft dabei, ein Wort richtig lesen und verstehen zu können.

Empfohlen von ***westermann***